시 문근영

2017년 부산일보 신춘문예로 등단했습니다. 동시집『연못 유치원』『앗! 이럴 수가』『두루마리 화장지』『깔깔깔 말놀이 동시』(공저)를 냈습니다. 눈높이아동문학상, 금샘문학상, 목일신아동문학상, 비룡소 동시문학상 대상을 받았습니다.

그림 민지은

무더운 날 시원한 물 한잔 같은, 심심한 국물에 짭조름한 소금 같은, 깜깜한 밤 한 줄기 빛이 되는 이야기를 쓰고 그립니다. 그린 책으로『고양이 글자 낚시』『엄마를 주문하세요』, 쓰고 그린 책으로『달글라스』등이 있습니다.

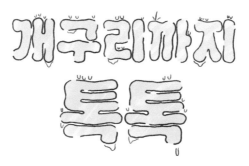

개구리까지 톡톡

문근영 시 · 민지은 그림

상상

이 책을 읽는 어린이들에게

안녕 친구들! 만나서 반가워

변덕스러운 날씨에도 잘 지냈니?

우리는 날씨가 추워지면 옷을 껴입을 수 있지. 그리고 보일러를 틀고 뜨거운 물을 마시며 따뜻함을 유지하기도 하지. 하지만, 야생에 사는 동물 중에는 추위를 이겨 내기 위해 겨울을 힘들게 보내는 경우가 있대. 먹잇감이 부족해 겨울잠을 자는 동물들 말이야! 그런데 길었던 겨울의 차가운 커튼이 걷히고, 꽁꽁 언 땅엔 서릿발이 녹아내리는데도 아직 봄이 온 소식을 모르고 자는 친구들이 있나 봐!

봄비가 씨앗 톡톡 잎눈 톡톡 꽃눈 톡톡 겨울잠 자는 벌레 톡톡

땅속 개구리까지 톡톡 깨우러 다니고 있어

늦잠 잔 친구들을 깨우러 다니느라 정신없이 노크한 봄비
와 무엇보다 반갑게 맞아 읽어 주는 너희가 있어 이번에 네
번째 동시집 『개구리까지 톡톡』이 새로 깨어나게 되었단다.
많이 읽고 사랑해 줄 거지?

그럼, 이제 나는 또다시 시작詩作할 거야!
언제나 처음처럼 말이야!

봄비처럼 늘 새로워지고 싶은
문근영

차례

1부 누구 말이 맞는지

2부 내가 키우는 대나무

3부 바람 화가

4부 섬의 나이

누구
말이
맞는지

큰소리

축구공 : 나보다 많이 차인 놈 있으면 나와 봐

샌드백 : 나보다 많이 맞은 놈 있으면 나와 봐

디딤돌 : 나보다 많이 밟힌 놈 있으면 나와 봐

바로 그때 과녁이 너덜너덜한 몸으로 나타났다
......!

줄다리기

모든 경기는
앞으로 나가야 이기는데

뒤로 물러서야 이긴다

으라차차!

벌렁 나자빠지고도
통쾌하게 이긴다

물병

엄마가 꽁꽁 얼려 준 물병
땀을 흘리고 있네

난 몸에 열이 날 때
땀이 나던데

넌 차가운데도
땀을 흘리네

난 땀을 흘리면
냄새가 나던데

넌 이렇게 많이 흘리는데
냄새도 안 나네

미나리꽝*

할머니는
미나리 팔아

딸, 아들 대학도
시집 장가도 보냈다고 한다

미나리꽝에 지금은
아파트가 들어서

우리 마을에서
제일 높은 건물이 되었다

내가 보기엔 짱인데

아직도 꽝이라고 한다
할머니는

* 미나리꽝 : 미나리를 심는 논.

돌

기둥 밑에 가면 주춧돌
마루 밑에 가면 댓돌
개울에 가면 징검돌
진흙탕에 가면 디딤돌

같은 돌인데도

길 복판에 가면
걸림돌

풋

풋이란 글자
풋내기, 풋사랑, 풋열매

혼자 있을 땐
익숙하지 못하고 서툴러도

풋풋
둘이 있으니

풋풋해서 생기가 돈다

지우개

틀린 글씨
잘못된 그림
오답들아

내 몸
닳아 가면서

싹싹
지워 줘서
고맙지?

나도 고마워

너희들이 없었다면
내가 어떻게
태어났겠니

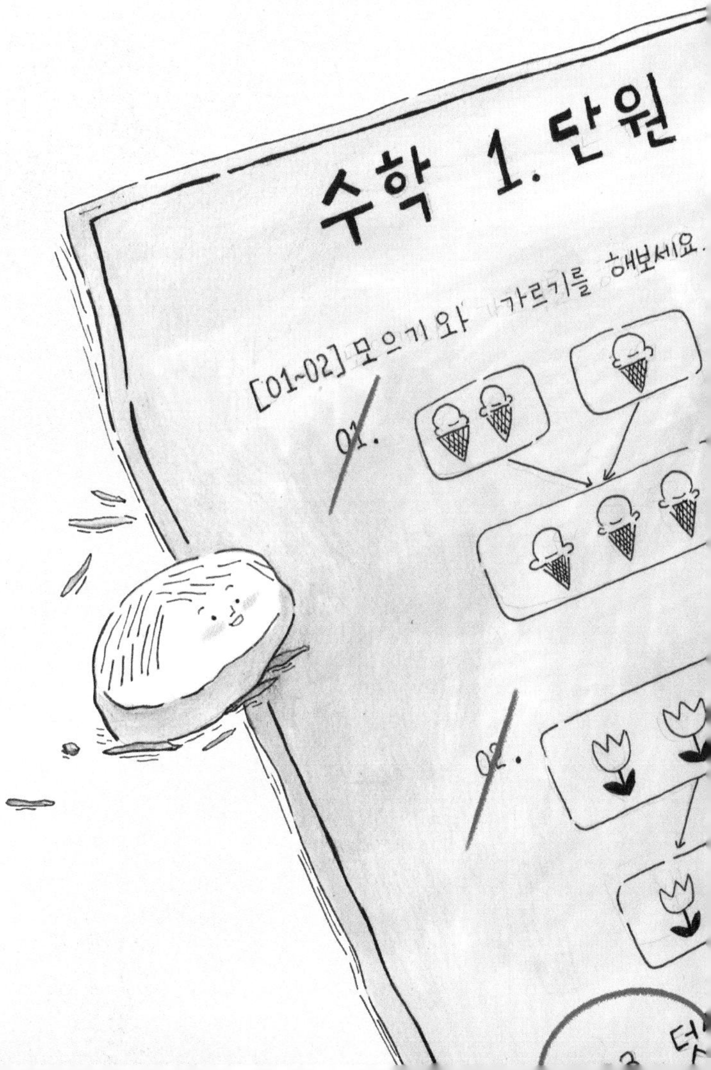
수학 1. 단원
[01~02] 모으기와 가르기를 해보세요.
01.
02.

신바람

자전거에
바람을 넣는다

땅바닥에 짝 달라붙었던
타이어가
불뚝
불뚝 살아난다

모자 날리고
우산 뒤집던
개구쟁이 바람이

짐을 싣고
사람 태우고 달리는
착한 바람이 될 것을
생각하니

저도 신이 나는지

삐익

삐익 소리치며

튜브 속으로 들어간다

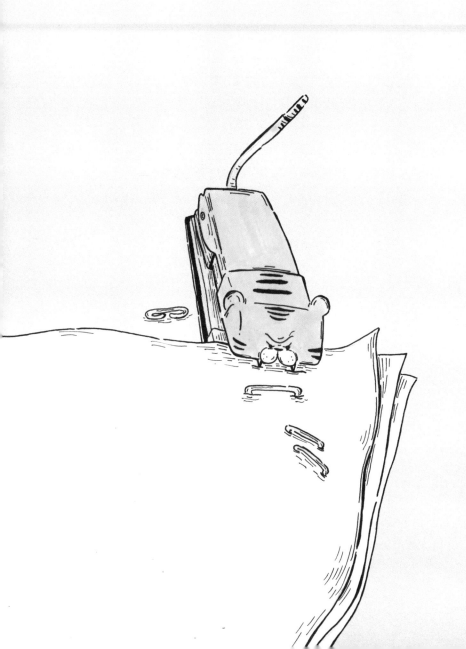

스테이플러

종이를 물 때마다
이빨 하나씩
빠진다

저러다가
이빨 빠진 호랑이
될까 걱정이다

겨울잠

풀씨는 흙 이불 덮고
벌레는 낙엽 이불 덮고
산은 눈 이불 덮고

봄이 맞춰 놓은
알람이 울릴 때까지
다들
푸지게 잔다

난 5분만 더 자도
지각한다며
엄마가 난리를 치는데……

흐르는 물

온갖
더러운 때
씻어 주느라

걸레처럼
자기를 더럽히는 물

손빨래하듯
이리저리 뒤척인다

스스로
몸을 헹궈
깨끗해진다

누구 말이 맞는지

선생님은
"물은 아무런 맛이 없다"라고 했다

그런데 아빠는
약수 한 바가지 마시고 난 후
"야! 물맛 좋다" 하고

엄마는
"물이 달다"라고 한다

누구 말이 맞는지

언제 우리는

천지가 보고 싶은지
봄만 되면
꽃들은
북으로 북으로 올라가고

백록담이 보고 싶은지
가을만 되면
단풍들은
남으로 남으로 내려오는데

언제 우리는

맘대로 오갈 수 있을까

백두산과 한라산을

2부

내가
키우는
대나무

호두 엄마 딸기 엄마

호두 엄마가 하는 일

딱딱한 껍데기 속에
꼭꼭
씨앗을 숨기는 일

딸기 엄마가 하는 일

드러내 놓고
콕콕
씨앗 박아 놓는 일

엄마 마음은 같을 텐데
하나는 숨기고
다른 하나는 드러내고

꾀병

약도
주사도 없는 병

마음만 먹으면
지금 당장이라도

아플 수도 있고
나을 수도 있는 병

낫고 안 낫고는
오직
나한테 달린 병

반딧불이

걸을 때마다
신발에서

불빛이
반짝반짝

삑삑
소리를 내며

불빛이
반짝반짝

내 동생은 반딧불이
낮에 나온 반딧불이

내가 키우는 대나무

우리 강아지
얼마나 컸는지
재 보자 하며

시골에 갈 때마다
할머니가 나를
세워 놓고

벽에
가로로 금을 긋는다

할머니가
그려 놓은 금
양옆으로
세로금을 그었더니

벽에
대나무 한 그루 우뚝 섰다

나를 따라 크는
대나무

빗방울

악!
무서워도
뛰어내리는 건

호수가 되어
하늘을 담고 싶어서다

눈 꼬옥 감고
뛰어내리는 건

거울이 되어
하늘을 비추고 싶어서다

농게와 파도

제 몸집만 한
가위로

개흙을
경단처럼 만들어
차곡차곡
탑을 쌓는 농게

푸른 보자기 펼치며
달려와
부수고 가는 파도

만날
가위를 내고도
파도한테 지는 걸 보니

가위바위보도
모르나 보다

눈뭉치

솜뭉치는 이불이 되고
털실뭉치는 스웨터가 되는데

병호와 준서가
서로 던지며
싸우는 바람에

난
사고뭉치가 되었어

눈사람이 되고 싶었는데……

나는 가오리를 보고
웃고

가오리는 나를 보며
웃는다

나는
네가 나 닮아서
웃는데

가오리야
넌 왜
웃고 있는 거니?

포도가 먹고 싶다, 구슬치기할 때마다

세모 안에
옹기종기
모여 있는 구슬들

포도송이 같다

왕구슬로 탁!
치면
금 밖으로 떨어져 나가는 포도알

한 알
두 알
딸 때마다
점점 커지는
주머니 속 포도송이

해

만날 지는데
다시 시작하는 해

눈이 빨갛다

밤새

얼마나

연습을 많이 했으면……

3부

바람
화가

눈

달은
하늘의 눈

높고 환한 눈

호수는
땅의 눈

깊고 맑은 눈

하늘의 눈은
한 달에 한 번이라도
감았다 뜨는데

땅의 눈은
몇 년이 가도
감지를 못하네

품속의

물고기, 자라, 물방개, 수련 때문에

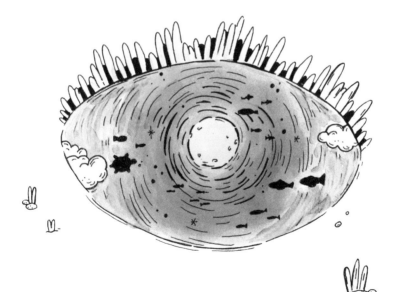

밟으면

꽃 새싹 개미 지렁이
밟으면 안 되는데

꾹꾹
밟아야 한다

그래야 더 강해지는
보리는

옥수수

겉옷으로
한 겹 두 겹

속옷으로
또 한 겹 두 겹

그것도 모자라
보드라운 털로
또 싸 놓았다

소중하긴
정말
소중한가 봐

가지런한 이빨

돌 너와집

얇은 돌판을
비늘처럼 포개 놓은
집

커다란
물고기 같다

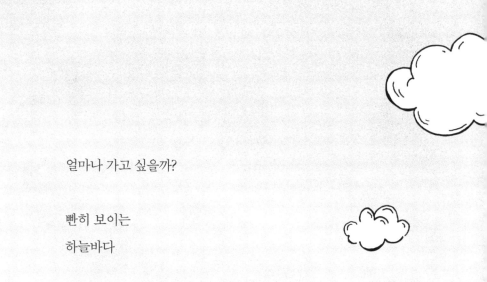

얼마나 가고 싶을까?

빤히 보이는
하늘바다

튤립

한 잔 두 잔
와인 잔이 피네

깨질까 봐
조마조마

보는 것조차
조심조심

바람도
뒤꿈치 들고 다니네

다 익으면

딸기, 사과, 대추, 자두
너희는 겉이 빨갛지만

나, 수박
겉은 파래도
속이 빨갛지

겉만 보고 판단하지 마!

바람 화가

하늘 도화지에
그림을 그린다

하얀 물감으로
토끼를 그렸다가
나비를 그렸다가
오리를 그렸다가
지운다

다른 동물
그리고 싶어 그런 걸까?

다른 색으로
그리고 싶어 그런 걸까?

기상 캐스터

거미줄에 맺힌 이슬을 보고
어제는

모자 쓰고 가라 했는데
정말 날씨가 화창했다

오늘은
제비가 낮게 날고
청개구리가 운다며

우산 챙겨 가라고 한다

우리 가족은
일기 예보 볼 필요가 없다

할머니만 있으면

해바라기

너는
해님만 바라본다고 했지?

아니거든

돌아올 땐
달님 별님도 보고

소쩍새 소리 풀벌레 소리도
다 듣거든!

태풍의 눈

몰래 버린
빨대, 비닐봉지, 캔, 페트병, 스티로폼……

태풍이
바닷가에
산더미처럼 쌓아 놓았다

속속들이 찾아낸
태풍의 눈

참 밝다

기러기를 보며

누
가
던
진
부
메
랑
일
까

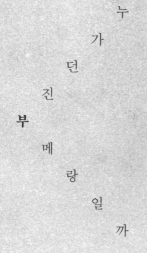

다
시
돌
아
오
는
기
러
기

잉어와 오리

신천에서
어떤 할아버지가
과자를 던진다

잉어 떼가 소용돌이치며
몰려든다

잉어 등을 밟고
오리 몇 쏜살같이 달려온다

아기 잉어였을 적엔
과자처럼
먹히기만 했는데

먼저 차지하려고
서로 먹이다툼을 벌인다

물총새

말뚝에 앉아
물속을 뚫어지게 바라보는
물총새

아무리 봐도
과녁이 안 보이는 듯

스스로 총알이 되어
퐁~
물속으로 뛰어듭니다

그제야
물 위에 생긴 동심원이
멀리멀리 퍼져 갑니다

저만 모르는
과녁 하나 생깁니다

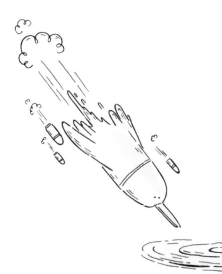

4부

섬의
나이

우박

얼음 총알이 날아옵니다
따다 다다 다 따다닥

고춧대가 부러지고
상추는 뭉개지고
들깻잎엔 구멍이 숭숭

고추 상추 들깨가
총을 맞았는데

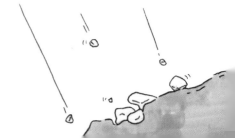

멍은
아빠 가슴에
까맣게 듭니다

무화과나무

도깨비는
혹부리 영감보다

무화과나무가
열 배는 더

욕심이
많은 줄 알았나 보다

꽃도 안 핀
가지마다
이렇게 많은 혹을

뚝딱!
달아 놓았네

아귀

항아리다

큰 입에
배불뚝이

아니다, 밑 빠진 독이다

먹어도 먹어도
배가 고픈

멸치

떼로 몰려다니다가
그물에
걸렸습니다

뭉쳐야 산다던데

다 죽게 생겼습니다

울음바다 되겠습니다
눈물바다 되겠습니다

나이테

레코드판 같다

나무가
녹음해 둔

풀벌레 소리
새소리
빗방울 소리

귀를 대면
조용하게
흘러나올 것 같다

맨드라미는

캉캉 춤을 추려고 그러니?

꼬불꼬불
주름 잡으며

층층
레이스 달며

매끌매끌
치마를 만들었네

맨드라미야

흔들흔들
치마만 흔들면 어쩌니?

캉캉 춤을 추려면
치맛자락 추켜올리고
다리를 캉캉 차올려야지

지하 주차장

차들이
줄지어 들어가는
주차장

개미굴 같다

개미는
먹이를 물고
들어가던데

차는
그냥 가기 뭐해서 그런지

앞차 꼬리를
물고 간다

섬의 나이

밤마다
등대 하나

촛불처럼 켜 놓았네

매일매일 켜는데
삼백예순다섯 살일까

생일 초가 하난데
한 살일까

노크

씨앗 톡톡
잎눈 톡톡
꽃눈 톡톡
겨울잠 자는 벌레 톡톡

삼사월엔
굼벵이도 석 자씩 뛴다는
할머니 말씀

봄비 저도
들었나 보다

땅속 개구리까지 톡톡
깨우러 다니느라

정신없겠다
참 피곤하겠다

멍게

멍청한 게다

오줌 갈기고
왕여드름 나고
어릴 땐
헤엄도 쳤다는데

바위에
꼭 붙어서 산다

자기가
식물인 줄 알고

마중

꽃다지는 밭둑에서
민들레는 보도블록에서
제비꽃은 돌 틈에서
채송화는 마당에서

무작정 앉아
벌 나비 기다리는데

호박꽃은
손수 나간다

초록 양산
펼쳐 들고

동시 열쇠 들고,
어린이의 세계로 퐁덩!

이소현(시인)

나와 너의 자람

관계는 사람과 사람 사이에서만 생기지 않는다. 사람과 자연, 사람과 동물, 사람과 사물도 관계를 맺는다. 관계는 대상을 인식하고 바라보는 데서 시작된다. 어떤 대상이 거기에 있다는 것을 알아차리고 그것을 존재로서 바라볼 때 나와 대상 사이에 관계가 시작된다. 어떤 대상과 관계를 맺을 때 그 대상은 비로소 나의 세계에 존재하게 되며, 그 대상이 존재함으로 내 존재의 자리가 더욱 선명해진다.

엄마가 꽁꽁 얼려 준 물병
땀을 흘리고 있네

난 몸에 열이 날 때
땀이 나던데

넌 차가운데도
땀을 흘리네

난 땀을 흘리면
냄새가 나던데

넌 이렇게 많이 흘리는데
냄새도 안 나네

—「물병」 전문

「물병」의 어린이 화자인 나에게 물병은 단순히 물을 담는 도구가 아니다. 나처럼 땀을 흘리고, 땀을 흘릴 때 냄새가 나지 않는 신기한 존재다. 이 동시에서 나와 물병은 존재와 존재로서 나와 너의 관계를 맺고 있다.

과학적으로 보면 꽁꽁 언 물병 표면에 물방울이 맺히는 것은 물병 주변의 수증기가 물방울로 변하는 응결 현상이다. 이렇게 과학적으로만 본다면, 물병과 나와 너의 관계를 맺기는 어렵다. 물병이 땀을 흘리고 있다고 보지도 못하고, 물병을 너라고 부르지도 못한다. 대상과 존재로 관계 맺지 못하는 것이다.

어린이는 과학적 지식을 잘 모르지만, 매우 시적인 몸을 가지고 있다. 시는 대상을 존재로 만나 관계 맺는 데서 나오기 때문이다. 어린이의 생각과 말에는 시가 깃들어 있다. 대상을 존재로 바라보고, 질문을 던지고, 관계를 맺는 어린이는 나와 너, 주변 세계를 생생하게 감각하고 인식한다. 일상에서 흔히 보는 사물과 장면을 무감하게 지나치지 않고 생경하게 만나며, 진지하게 질문을 던지고, 작은 존재들에 깃든 아름다움과 신비에 경탄한다. 때로는 새로운 존재를 만들어 키우기도 한다. 그렇게 어린이는 자란다.

우리 강아지

얼마나 컸는지

재 보자 하며

시골에 갈 때마다

할머니가 나를
세워 놓고

벽에
가로로 금을 긋는다

할머니가
그어 놓은 금
양옆으로
세로금을 그었더니

벽에
대나무 한 그루 우뚝 섰다

나를 따라 크는
대나무

　　　　　　　　　　　　—「내가 키우는 대나무」 전문

　　어린이(나)의 자람은 어른(할머니)의 수고와 섬김을 바탕으로
한다. 가로로 그은 금과 금 사이에는 어른의 수고와 섬김의 시간

이 있다. 어른은 어린이의 자람을 눈으로 확인하며 자기 수고와 섬김을 기쁨으로 보상받는다. "할머니가/ 그려 놓은 금"은 어른의 기쁨이 되는 어린이의 자람을 보여 준다.

어린이의 자람에는 생명과 생장의 기운이 깃들어 있다. 자기를 자라게 하는 생명과 생장의 기운을 가지고 어린이는 "양옆으로/ 세로금을" 그으며 새로운 존재(대나무)를 창조한다. 그것은 자기의 자람을 돌보는 행위이기도 하다. 자기의 자람을 눈으로 확인하며 선명하게 인식하면, 그것을 소중히 여기며 돌보게 된다. 이러한 돌봄 행위는 곧 새로운 존재의 창조로 이어진다. 어린이는 자기를 "따라 크는" 존재를 만들어 자기 안에 우뚝 세운다. 이 과정에서 어린이와 새로 만들어진 존재는 구별되지 않는다. '어린이(나)=존재(대나무)'인 것이다. 어린이는 새로운 나를 만들고, 그 새로운 나와 함께 자란다.

비유가 빚어낸 깨끗한 마음

어린이가 대상을 존재로 바라보고 그와 관계를 맺으며 자랄 수 있는 것은 비유하기 때문이다. 어린이는 대상을 객관적이고 과학적으로 바라보기보다는 다른 것에 빗대어 바라본다. 비유하는 어린이의 세상은 여러 겹으로 이루어져 있다. 비유는 언제나 새로운 자리로 어린이를 데려간다. 어린이는 비유를 통해 이제까지 몰랐던 세상, 미지에 도착한다. 그리고 그곳에서 어떤 마음을 만난다.

종이를 물 때마다
이빨 하나씩
빠진다

저러다가
이빨 빠진 호랑이
될까 걱정이다

　　　　　　　　　　　　　　　　　—「스테이플러」 전문

얇은 돌판을
비늘처럼 포개 놓은
집

커다란
물고기 같다

얼마나 가고 싶을까?

빤히 보이는

하늘바다

— 「돌 너와집」 전문

「스테이플러」는 스테이플러를 호랑이에, 「돌 너와집」은 돌 너와집을 커다란 물고기에 비유한다. 두 비유 모두 대상 간 형태의 유사성을 바탕으로 이루어진다. 간단하고 직관적인 방식의 비유로, 대상은 비유를 통해 더욱 구체적으로 그려진다. 추상의 세계로 들어가기 이전 어린이들에게 이러한 비유는 익숙하고 자연스럽다.

이 비유의 세계는 어린이의 순수가 발현되는 바탕이 되기도 한다. 스테이플러를 걱정하는 마음은 스테이플러를 호랑이로, 스테이플러가 종이에 침을 박는 모습을 호랑이가 종이를 물며 이빨이 빠지는 모습으로 본 것에서 비롯된다. 돌 너와집의 포개놓은 얇은 돌판이 물고기의 비늘처럼 보이는 순간, 돌 너와집은 커다란 물고기가 되고, 하늘은 바다가 된다. 비유의 세계로 들어간 어린이에게 돌 너와집은 빤히 보이는 바다에 가지 못하는, 안쓰럽고 안타까운 처지에 놓인 물고기로 보인다. 그렇기에 "얼마나 가고 싶을까?"라는 공감의 말이 나오는 것이다.

비유는 대상을 전혀 다른 존재로 만들고, 그 존재가 처한 처지와 상황을 상상하도록 한다. 그러면서 자연스럽게 존재에 대해 어떤 마음을 갖게 되는데, 우리는 이런 마음을 순수라 부른다. 순수는 그저 어린이의 무지에서 나오는 해맑음이 아니라, 비유가 빚어낸 깨끗한 마음이다. 비유의 세계에 들어가야만 만날 수 있는 깊은 경지다. 어른들이 순수를 잃어버린 까닭은 비유의 세계로 들어가는 문을 열지 못하기 때문이다. 이러한 어른들에게 동시는 작고 반짝이는 열쇠가 되어 준다.

밤마다
등대 하나

촛불처럼 켜 놓았네

매일매일 켜는데
삼백예순다섯 살일까

생일 초가 하난데
한 살일까

—「섬의 나이」 전문

밤마다 촛불처럼 켜지는 섬의 등대를 본다. 등대가 촛불이 되자 동그란 모양의 섬은 케이크가 된다. 그러자 촛불은 좀 더 구체적이고 특별한 몸을 입는다. 케이크에 딱 하나 꽂힌 생일 초가 된 것이다. 날마다 켜지는 생일 초 하나가 독자의 손에 쥐어진다. 순간 보이지 않던 문 하나가 생긴다. 비유의 세계로 들어가는 문이다. 생일 초 하나로 문을 연다. 문안으로 들어가면 답 없는 질문이 하나 있다. "매일매일 켜는데/ 삼백예순다섯 살일까", "생일 초가 하난데/ 한 살일까"라고 섬의 나이를 묻는 질문이다. 답을 찾아 독자는 삼백예순다섯 살이면서 한 살인 섬으로 간다. 그곳에 가서 생일 초를 켜고, 섬의 생일을 축하한다. 거기 모인 다른 사람들과 함께 섬에게 생일 축하 노래를 불러 준다.

섬은 늘 우리 곁에 있다. 그런데도 섬에 가지 못하는 이들이 있다. 그들을 위해 시인은 촛불을 켜 준다. 짧은 동시 한 편을 쥐여 준다. 그 열쇠로 섬에 들어갈지 말지는 오로지 독자의 몫이다. 열쇠를 버리지 않고 잘 가지고 있다면 그것은 문을 열 때마다 점점 커질 것이다. "한 알/ 두 알/ 딸 때마다/ 점점 커지는/ 주머니 속 포도송이"(「포도가 먹고 싶다, 구슬치기할 때마다」)처럼 말이다.

무지를 얻기까지

동시라는 열쇠로 문을 열고 들어가면 세상의 이치를 모르는 존재들을 만날 수 있다. 가령, 세상에서는 '지는 것보다는 이기는 게 좋다.'라는 이치가 통한다. 이러한 이치가 통하려면 일단 이기고 지는 게 무엇인지 알아야 한다. 어린이들이 편을 가르거나 순서를 정하거나 승패를 가릴 때 많이 하는 가위바위보는 이기고 지는 가장 단순한 형태의 행위라고 볼 수 있다. 가위는 바위에게 지고, 바위는 보에게 지고, 보는 가위에게 진다. 이기고 지는 것이 서로 물리고 물려 무한 반복된다. 그런데 이런 "가위바위보도/ 모르"는 존재가 있다. 바로 농게다.

제 몸집만 한

가위로

개흙을

경단처럼 만들어

차곡차곡

탑을 쌓는 농게

푸른 보자기 펼치며

달려와

부수고 가는 파도

만날

가위를 내고도

파도한테 지는 걸 보니

가위바위보도

모르나 보다

―「농게와 파도」 전문

    농게는 몸집이 작은 게인데, 한쪽 집게발은 자기 몸집만큼 크다. 농게의 집게발은 가위바위보로 치면 가위다. 가위바위보의 원칙에 따르면 가위는 보를 이긴다. 그러나 농게는 "제 몸집만한/ 가위"를 가지고 "개흙을/ 경단처럼 만들어/ 차곡차곡/ 탑을 쌓는" 데 열중할 뿐, 보를 이기는 데는 아무 관심이 없다. 파도가 "푸른 보자기 펼치며/ 달려와" 자기가 만든 탑을 부수고 가는데 어떤 항의도 하지 않는다. 농게는 가위바위보를 모르기 때문이다. 이기고 지는 게 무엇인지 모르는 농게는 그저 제 할 일을 열심히 할 뿐, 파도를 원망하거나 이기려 하지 않는다. 이런 농게는 세상의 이치로 보자면 바보다. 자기가 이겨 놓고도 지는 답답한 존재다.

그러나 동시에서 농게는 이기고 지는 것을 모르기에 그것으로부터 초월해 있는, 세상의 밝은 이치에 따라 사는 사람들은 차마 그려 보지도 못하는 어떤 경지에 있는 존재다. 동시의 세계에서 농게는 그저 하나의 미개한 갑각류가 아니라 무지를 얻어 세상의 이치를 초월한 경탄의 대상이 된다.

모든 경기는
앞으로 나가야 이기는데

뒤로 물러서야 이긴다

으라차차!

빌렁 나자빠지고도
통쾌하게 이긴다

「줄다리기」 전문

꽃 새싹 개미 지렁이

밟으면 안 되는데

꾹꾹
밟아야 한다

그래야 더 강해지는
보리는

—「밟으면」전문

    이기고 지는 것의 의미 자체를 모르는 무지의 경지가 있기도 하지만, 이기고 지는 일이 역전되는 일도 있다. "뒤로 물러서야" 이기는, "벌렁 나자빠지고도/ 통쾌하게" 이기는 줄다리기가 그렇다. "꾹꾹/ 밟아야" "더 강해지는/ 보리는" 어떤가. 밟을수록 더 강해지는 존재를 이길 수 있는 건 없다. 그런 존재를 죽으라고 밟아 봐야 헛수고다. 밟으면 죽는 게 아니라 더 강한 힘으로 살아나기 때문이다.

    세상은 가위바위보처럼 단순하지 않다. 이기고 지는 일이 정확해 보여도 그렇지 않다. 이긴 것처럼 보였으나 오히려 그것이 독이 되어 불행을 불러오기도 하고, 진 것처럼 보였으나 오히려 그것이 복이 되어 행복해지기도 한다. 이런 인생의 심오한 깊이가 놀랍게도 동시에 들어 있다. 그것도 어린이가 이해할 수 있을 만큼 쉬운 언어로 담겨 있다.

어린이들이 동시를 읽으면 좋겠다. 동시를 읽으며 "줄다리기" 처럼 지면서 이기는 것을 통쾌하게 경험하고, "보리"처럼 누군가에게 상처받았을 때 그것을 딛고 자랄 수 있는 자기 안의 생명력을 발견하며, "농게"처럼 이기고 지는 것이 무엇인지 모르는 무지를 얻어, 아무리 지더라도 자기가 할 수밖에 없는 그 무엇을 하면서 진짜 나 자신으로 살아갈 수 있으면 좋겠다.

호박꽃 시인의 마중

어린이가 대상과 관계를 맺으며 함께 자라게 하고, 비유의 세계를 열어 순수를 만나게 하며, 이기고 지는 일의 역전을 넘어 무지에 이르기까지 동행하는 사람이 있다. 바로 동시를 쓰는 시인이다. 시인은 어린이와 동행하기 위해 하늘에서 뛰어내린다. 어린이가 있는 곳으로, 어린이의 눈높이로 뛰어내린다.

아!
무서워도
뛰어내리는 건

호수가 되어
하늘을 담고 싶어서다

눈 꼬옥 감고
뛰어내리는 건

거울이 되어
하늘을 비추고 싶어서다

—「빗방울」전문

　빗방울은 호수가 되고, 거울이 되고 싶어 하늘에서 뛰어내린
다. 이 빗방울을 시인으로 읽어 본다. 시인은 현실의 세계인 하
늘에서 비유의 세계인 호수(거울)로 뛰어내린다. 그것은 "악!"
소리 나게 무섭고, 많은 용기를 필요로 한다. 어른 시인에게 어
린이의 세계로 뛰어내리는 일이 얼마나 어렵고 힘든 일일까? 시
인은 온몸으로 낙차를 견디며 어린이에게로 뛰어내린다. 그렇
게 시인이 어린이에게로 뛰어내린 자리에 동시가 태어난다. 이
렇게 태어난 동시는 "아무도/ 안 사는 줄" 알았던 "옹기종기 나지
막"하고, "다닥다닥 조그마한 집" "여기저기서 촉수를"(「따개비
마을」,『두루마리 화장지』(비룡소 2023)) 내밀 듯 어린이의 감각

을 깨운다. 문근영 시인의 네 번째 동시집인 『개구리까지 톡톡』
에 실린 많은 동시 역시 "땅속 개구리까지 톡톡/ 깨우러" 다니는
"봄비"처럼 어린이들의 촉수와 감각을 "톡톡"(「노크」) 깨워 주기
를 기대한다.

꽃다지는 밭둑에서
민들레는 보도블록에서
제비꽃은 돌 틈에서
채송화는 마당에서

무작정 앉아
벌 나비 기다리는데

호박꽃은
손수 나간다

초록 양산
펼쳐 들고

—「마중」 전문

이 동시집의 마지막에 놓인 「마중」에서 문근영 시인은 호박꽃의 옷을 빌려 입고 이렇게 말한다. 나는 어린이들에게 손수 나가겠다고, 다른 꽃들처럼 기다리고만 있지 않고 "초록 양산/ 펼쳐 들고" 어린이들을 마중하러 나가겠다고 말이다. 어린이를 마중 나가는 시인의 당차고 성실한 걸음이 그려진다. 이 동시집이 바로 호박꽃 시인의 마중이다. 저기, 마중 나온 호박꽃 시인이 보이는가? 그렇다면 주저하지 말고 날아가 그 속으로 풍덩 뛰어들자. 거기에는 이제까지 보지 못했던 새로운 세계가 있을 것이다. 그 세계로 들어갔다 나오면, 내 키는 조금 자라 있을 것이다. 순수와 무지를 얻고, 조금은 더 어린이가 되어 있을 것이다.

개구리까지 톡톡

ⓒ 2024 글 문근영 · 그림 민지은

1판 1쇄 발행   2024년 12월 20일
지 은 이   분근영
그 린 이   민지은
펴 낸 이   김재문

총괄책임   진호범
편   집   김동진 정초희
디 자 인   최재원
펴 낸 곳   출판그룹 상상
출판등록   2010년 5월 27일 제2010-000116호
주   소   (06646) 서울시 서초구 반포대로28길 42, 6층
전자우편   story@sangsang21.com
블 로 그   blog.naver.com/sangsangbookclub
페이스북   facebook.com/sangsangbookclub
인스타그램   @sangsangbookclub
대표전화   02-588-4589 | 팩스   02-588-3589

ISBN   979-11-91197-40-2 (73810)